Ralf Neubohn

Applaus für Alpaka und Osterhase

Ralf Neubohn

Applaus für Alpaka und Osterhase

Herstellung und Verlag: BoD – Books on Demand, Norderstedt

ISBN: 978-3-7534-5941-7

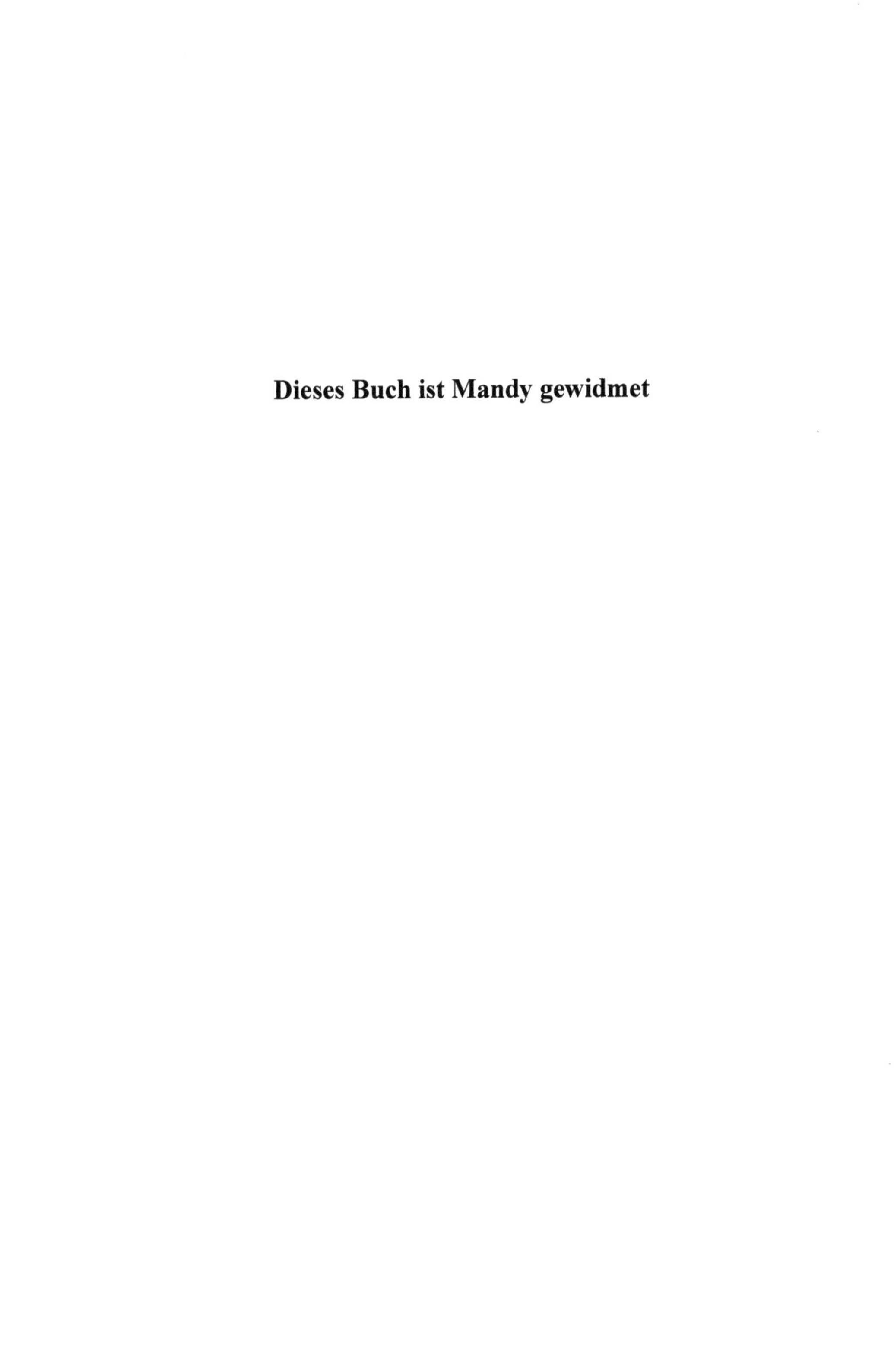

Dieses Buch ist Mandy gewidmet

Inhalt

Vorwort..........8
Die Rüben..........9
Mecklenburger Seenplatte..........10
Die Bootsfahrt..........11
Tatsache?..........13
Die Party..........14
Oh!..........15
Das große Geheimnis..........16
Die Outlaws..........17
Die Flugshow..........18
Alpakaschule..........19
Auf der Suche nach dem verlorenen Osterei..........20
Der Großputz..........21
Spannungsliteratur..........22
Die Osterlesung..........24
Auf leisen Pfötchen..........26
Verblüffende Ähnlichkeit..........28
Gefahr..........30
Können Osterhasen fliegen?..........31
Die Osterinsel..........33
Der Bodensee in Waiblingen..........34
Wo kommen die Ostereier her?..........35
Das perfekte Geschenk..........36
Die Überraschung..........37
Die Autorin..........39
Die Rute?..........40
Ostervasen..........41
Berufliche Fortbildung..........42
Auf den Spuren des Osterhasen..........43
Die mysteriösen Wege..........45

Neujahrsvorsätze..47

Silvesterfeuerwerk..48

Flammenfeder...49

Schwarzes Gold..50

Wo kommt eigentlich der Osterhase her?.........51

Meine Schallplattensammlung.......................52

Bücher von Ralf Neubohn......................................55

Über den Autor Ralf Neubohn...............................59

Vorwort

Liebe Leser,

in diesem Buch werden viele Fragen beantwortet, die mir oft in Bezug auf meine Bücher: „Die Alpakas vom Nikolaus" und „Der Nikolaus und sein Alpaka auf Tournee" gestellt wurden. Etwa: Wie kommt es, dass die Alpakas vom Nikolaus fliegen können? Warum können sie problemlos mit Menschen sprechen? Was unternimmt das Lieblingsalpaka vom Nikolaus, wenn es gerade mal nicht mit diesen unterwegs ist?

Sehr viel wird in diesem Buch auch über die großen Geheimnisse des Osterhasen berichtet: Wo wohnt er? Woher hat der Osterhase die vielen Eier, die er zu Ostern versteckt? Wie ist es ihm möglich die vielen Ostereier in nur einer Nacht zu verstecken? Können Osterhasen fliegen? Welches Buch findet der Osterhase besonders gut?

Diese und viele andere spannende Fragen mehr, werden Ihnen heute beantwortet.

Ich hoffe, die geneigten Leser werden viel Freude an diesem Buch und seinen Antworten auf die Fragen haben.

Viel Spaß beim Lesen,

Ihr Ralf Neubohn

Die Rüben

Das Alpaka vom Nikolaus reiste im Frühling an die schöne Ostsee. Von Rostock aus unternahm es Ausflüge nach Stralsund, Usedom und Rügen.

Doch besuchte es auch gerne die Seen im Landesinneren. Etwa den Müritzsee bei Waren oder den Schweriner See.

Eines Tages hoppelte der Osterhase des Weges: „Ach, bin ich von der Arbeit geschafft! Hast Du als kleine Stärkung eine Rübe für mich?"

Alpakalinle kramte aus seiner Gepäcktasche ein Bündel Rüben heraus. Der Osterhase fragte skeptisch: „Sind die auch aus Teltow? Denn die knabbere ich am liebsten!"

Erstaunt blickte das Alpaka den Osterhasen an: „Gibt es denn da Unterschiede?"

Die Antwort ließ nichts zu wünschen übrig: „Schon der Dichterfürst aß die Rüben aus Teltow besonders gern. Du wirst es doch nicht besser wissen wollen als der?"

Tja, darauf gibt es nichts zu erwidern.

Mecklenburger Seenplatte

Osterhase und Alpaka verbrachten in der wunderbaren Landschaft der Mecklenburger Seenplatte ein paar entspannte Tage.

Solche Naturschönheiten lohnten einen Besuch wirklich.

Doch bei der geplanten Abreise gab es Probleme. Die Hüter des Naturschutzgebietes glaubten wohl, ein paar ihrer eigenen Tiere wollten die Flucht ergreifen und fingen sie immer wieder liebevoll ein.

So allmählich gingen den beiden die Ideen für ihre Flucht aus.

Schließlich gelang es aber doch, durch einen einfachen, aber raffinierten Trick! Der Osterhase verkleidete sich als Nikolaus und ritt auf dem Alpaka den Wächtern entgegen. Als diese stutzten, rief der Osterhase: „Lasst uns vorbei, sonst bekommt Ihr am Nikolaustag keine Geschenke von uns!" Das wirkte, denn keiner von ihnen wollte schuld sein, wenn der Nikolaus am 6.12. nichts brachte.

Die Bootsfahrt

Unser liebstes Alpaka fuhr auf einem Motorboot die Oder entlang. Verzaubert betrachtete es die schöne Landschaft umher. Durch eine Bewegung im Wasser verleitet, warf es einen Blick in den Fluss hinein. Nein, da war doch nichts. Es musste sich getäuscht haben. Dort erschien nur sein Spiegelbild. Gut sah Alpakalinle aus! Ein sehr schönes Fell! Es lohnte sich doch sehr, das Fell mit dem selbstgemachten Eiershampoo des Osterhasen zu waschen. Alle anderen Alpakas besaßen nicht so ein wundervolles Fell! Ja, unser Alpaka wurde für sein glänzendes Fell von allen anderen Alpakas sehr beneidet!

Mit einem Ruck blieb das Boot stehen und unser Held wäre um ein Haar ins Wasser gefallen. Aus irgendeinem Grund lief der Motor nicht mehr. Warum bloß? Hatten die Techniker es nicht richtig in Schuss gebracht? Heutzutage konnte man sich wirklich auf niemand mehr verlassen! Die Menschen wurden einfach immer unzuverlässiger! Plötzlich überlief es das Alpaka heiß. Peinlich, peinlich! Obwohl der Techniker es ihm sagte, hatte Alpakalinle vergessen zu tanken. Was nun? Das Boot trieb die Strömung des Flusses entlang. Hilflosigkeit beherrschte unseren Hobbykapitän. Weit und breit keine Hilfe in Sicht! Es fehlte nicht viel und das arme Tier hätte geweint! Da ertönte eine vorwurfsvolle Stimme: „Ha! Typisch Alpaka! Schau nur, wie Du wieder heimkommst! Das schaffst Du nie! Hier kommt gleich eine gefährliche Strömung!"

Das Alpaka blickte sich erstaunt um. Niemand zu sehen. Begann es schon vor Angst verrückt zu werden? „Hier unten bin ich!", erklang die Stimme wieder. Im Fluss schwamm ein Wassermann. „Was glaubst Du denn, wer Du bist?", fragte er höhnisch. „Du bist doch nur wegen der Wolle wichtig."

„Das stimmt nicht!", rief Alpakalinle energisch. „Ich bin das Lieblingsalpaka vom Nikolaus und bringe vielen Menschen schöne Geschenke am Nikolaustag!"

Der Wassermann stutzte: „Was? Dann habe ich ja Deine Abenteuer schon in Ralf Neubohns Büchern ‚Die Alpakas vom Nikolaus' und ‚Der Nikolaus und sein Alpaka auf Tournee' mit großem Genuss gelesen. Jemand so Wichtiges rette ich natürlich sofort!" Es schwamm hinters Boot und schob es schwimmend vor sich her Richtung Ufer. Das Alpaka rief begeistert: „Danke. Dafür kommst Du auch in meinem nächsten Buch vor!" Dies Versprechen wird nun hiermit eingelöst. Danke lieber Wassermann!

Tatsache?

Zwei Urlauber stritten sich einmal am Ostseestrand von Rügen. Zum Schluss rief der dünnere von beiden: „Mensch Dicker! Von dem, was Du sagst, stimmt kein Wort! Osterhasen können nicht reden, Alpakas nicht fliegen und Yetis gab es noch nie! Das ist alles völliger Blödsinn!"

Erstaunt brach er mitten im Sprechen ab und sah zu seinem Schienbein herab. Gegen dieses trat laufend der wüst vor sich hin fluchende Osterhase. Dabei benutzte er in ganz besonders unsägliche Ausdrücke.

Der Mann erbleichte: „Tatsächlich! Osterhasen können reden! Und wie! Mich laust der Affe!" Doch nicht ein Affe lauste ihn, sondern ein fliegendes Alpaka, welches ihm in die Ohren biss. „Alpakas können wirklich fliegen! Nicht zu fassen!"

Da raschelte es im nahen Gebüsch. Aus Angst, dass nun auch noch der Yeti kam, flohen beide Männer panisch schreiend. Aus dem Gebüsch kam aber nur Ralphus Rheumaticuslinchen, der sich mit den beiden Tieren über die Picknickkörbe der beiden Flüchtigen hermachte. Merke: Erbeutetes Gut schmeckt besonders lecker!

Die Party

Alpakalinle nahm mal voller Begeisterung an einer stimmungs-
vollen Party in Berlin teil. Überall Tanz, Musik und fröhliche
Menschen. Besonders eine der Musikgruppen gefiel Alpakalinle
so gut, dass es fragte, ob es mitspielen könnte.

Die Musiker schauten das Alpaka zweifelnd an. „Tja, welches
Instrument willst Du denn spielen?", fragten sie. „Vielleicht Gitarre?"
Das Alpaka betrachtete bedauernd seine Hufe. „Wie wäre es mit
Gesang?", lautete die nächste Frage. Sofort erhellte sich das Gesicht
des Alpakas und es begann so schauerlich zu singen, dass sich die
Saiten der Gitarre von alleine verzogen. Nun herrschte allgemeine
Ratlosigkeit. Was tun? Da kam jemand eine gute Idee, als er die
Hufe des Alpakas sah: „Die Trommel ist das ideale Instrument für
Dich. Also leg los!"

Es wurde für alle Besucher der Party ein unvergesslicher Abend
mit äußerst beschwingten Rhythmen.

Oh!

Alpakas sind sehr intelligente Tiere, die schnell reagieren können.

Beim Waldspaziergang mit dem Osterhasen verließ Alpakalinle nie das Gefühl, irgendwie belauert zu werden. Irgendetwas stimmte nicht. Seine Fellhaare sträubten sich, doch keine Gefahr zu sehen. Vielleicht alles nur Einbildung?

Da lief ihm ein Mädchen mit rotem Käppchen entgegen. Im nächsten Gebüsch raschelte es verdächtig. Spontan machte es bei unserem Alpaka Klick und die Flucht begann. Während es so rannte, beschlich ihn das Gefühl, irgendetwas Unwichtiges, Nebensächliches vergessen zu haben. Aber was? Ach, den Osterhasen natürlich!

Alpakalinle raste so schnell zurück, dass der Osterhase gar nicht richtig reagieren konnte. Das Alpaka schnappte ihn und eilte fort, gerade als der Wolf aus dem Gebüsch kam!

Gerade noch so geschafft! Das Mädchen und er Wolf schauten ihnen enttäuscht nach. Wie hatten die beiden Spaziergänger bloß die Falle bemerkt? Für Strauchdiebe wie sie beiden wurden die Zeiten immer schlechter. Die Armen!

Das große Geheimnis

Vor sehr langer Zeit standen auf einer Waldlichtung der Osterhase und mehrere Alpakas. Sie futterten still vor sich hin, als aus dem dunklen Wald drei Kinder kamen. Diese trugen einen mit einem Tuch verdeckten Gegenstand. Ein ungeheuer alter Mann folgte ihnen. An einem Bach nahmen die drei Enkel von Ralphus Rheumaticuslinchen das Tuch vom Heiligen Gral herab. Die magische Ausstrahlung traf die Tiere völlig unvorbereitet, sie hatte beträchtliche Folgen! Von nun an konnten die Tiere über die Waldlichtung fliegen, mit Menschen reden und manches mehr.

Unterdessen füllten die Kinder den Gral mit dem Wasser der heiligen Quelle und gaben ihn Ralphus zu trinken. Auch bei ihm machte sich die magische Wirkung sofort bemerkbar. Um zahlreiche Jahrzehnte verjüngt verließ er mit seinen Enkeln den magischen Ort. Nun wissen wir also alle, warum Alpakas und Osterhasen magische Kräfte haben. Aber auch, weshalb der uralte Ralphus noch immer munter Bücher unter dem Pseudonym Ralf Neubohn schreibt.

Die Outlaws

Zu Halloween wollten Ruben, Jonathan und Raphael als Revolver-
helden verkleidet gehen. Als Outlaws bei den Nachbarn überraschend
vorreiten. Doch woher ein Pferd nehmen? Und da sie noch sehr
klein waren, wäre das Aufsteigen auf ein Pferd auch sehr schwer
geworden. Da kam ihnen die rettende Idee: Sie liehen sich ein Alpaka
aus, nahmen bekannte Westernmelodien auf und erschienen so
stilvoll in Outlaw Manier bei verschiedenen Nachbarn und riefen
völlig überzeugend: „Süßes oder Saures!" Dazu ließen sie passend
die Westernmelodien laufen.

Die Flugshow

Ludwig sah etwas gelangweilt einer Flugshow zu. Irgendwie empfand er, dass sich diese Shows doch immer sehr ähnelten. Gähnend wollte er heimgehen, als plötzlich der Osterhase auf einer fliegenden Mohrrübe erschien. Gleichzeitig tauchte ein am Himmel schwebendes Alpaka auf. Beide flogen Loopings, Sturzflüge und was es sonst noch alles gab.

Ludwig blickte glasigen Auges zu, konnte es einfach nicht fassen. Nach einer Weile dachte er: „Ach, eigentlich war die übliche Flugshow doch ganz gut, bis zu dem Zeitpunkt, als die beiden kamen."

Alpakaschule

Schon in der Alpakaschule lernen kleine Alpakas, wie bedeutend sie sind. So bedeutend, dass ein Alpaka das Wappentier von Stuttgart ist. Auch drehen sich alle wichtigen Sprichwörter ausschließlich um Alpakas. Z.B.: „Ich glaube, mich tritt ein Alpaka!", „Ich glaube, mich laust ein Alpaka!", „Alpaka und Alpaka gesellt sich gern!"

Die herausragende Stellung dieser Tiere beruht auf ihrer weltgeschichtlichen Bedeutung.

Vom Urmeer bis in unsere Tage schwammen im Meer Seealpakas, deren beachtliche Größe selbst Haie und Wale stets zur Flucht veranlassten. Auch an Land wurden Alpakas zu den größten Tieren, selbst Elefanten flohen panisch vor ihnen.

Kein Wunder, verehrten die alten Ägypter sie so sehr, dass sie Sphinxen in Alpakaform bauten. Im Laufe der Geschichte besaßen die Alpakas auch eine Zeitlang ein Horn, aus welchen die Einhörner Sagen entstanden.

Aus wilden Alpakas, die vom Grasen überdeckt mit Moos waren, erklären sich die Sagen von Drachen.

Das bekannteste Alpaka ist zweifellos das Alpaka von Troja, in dem sich die Griechen zum Überfall auf die Stadt Troja versteckten.

Auch in der Neuzeit drehte sich natürlich die ganze Welt um Alpakas. Z.B. heißt es stets: „Dieses Auto hat 200 Alpakastärken, also 200 AS."

Wer kann sich also schon der Dynamik von Alpakas entziehen?

Auf der Suche nach dem verlorenen Osterei

„Früher war alles besser", murmelte Herr B. Lind verärgert vor sich hin. Früher war das Fernsehbild deutlicher, die Zeitungstexte größer geschrieben und die Leute nuschelten nicht alle so arg.

„Nun, was soll es! Ich werde dieses blöde Osterei schon noch finden!"

Herr B. Lind suchte nun schon seit 2 Stunden ohne den geringsten Erfolg in seinem sehr kleinen Vorgarten.

„Vermutlich sind dieses Jahr die Ostereier auch viel kleiner, so wie der Text in den Zeitungen. Sonst hätte ich mein Osterei sicherlich schon lange gefunden."

Auf allen vieren kroch er durch den Garten. Da er sehr schlecht hörte, bemerkte er die vielen Nachbarn nicht, die ihn am Gartenzaun beobachteten und laut anfeuerten. Plötzlich fühlte sich seine linke Hand sehr klebrig an. Wo kam das bloß her?

Er senkte den Kopf noch tiefer, fast ganz in den Rasen. Seine Hand steckte in einem Straußenei, welches ihm beim Suchen nicht auffiel. Herrn B. Lind kam ein unfassbarer Gedanke: „Kann es etwa sein, dass ich eine Brille brauche?"

Der Großputz

Frau Osterhase startete gleich früh morgens mit dem Putzen. Wenn ihr Mann die Eier verstecken ging, konnte sie endlich die Hasenhöhle in Ruhe reinigen.

Fröhlich vor sich hin singend putzte sie zuerst die Wohnräume und anschließend kamen die riesigen Eierlagerhallen an die Reihe. Aber irgendwas war anders, als beim letzten Ostergroßputzen. Etwas stimmte nicht! Frau Osterhase sah sich um, doch fiel es ihr nicht gleich auf, was anders als sonst vor ihren Augen lag. Eier. Berge von Eiern! Warum hatte ihr Mann diese nicht mitgenommen? Der Uhrzeit nach musste der Osterhase doch schon halb Süddeutschland besucht haben. War er etwa verunglückt? Von einer Eierlawine hier im Lager verschüttet? Musste ein Bernhardiner geholt werden, der den von der Eierlawine Verschütteten fand und ausgrub? Kurz vor dem Weinen hörte sie auf einmal beruhigende Geräusche. Ein sehr vertrautes Schnarchen. Hinter einem Eierberg lag der Osterhase friedlich schlafend. Frau Osterhase wunderte sich sehr. Als er morgens aufstand, war ihr Mann doch noch so fit gewesen. Wo kam diese plötzliche Müdigkeit her? Da sah sie neben ihm eines von Ludwig P. Lesi-Les langweiligen Büchern. Klar, die wirkten einschläfernd.

Spannungsliteratur

Seit Wochen schrieb Ralf Neubohn an seinem höchst spannenden Weihnachtsbuch: „Weihnachten mit dem literarischen Kleeblatt".

Immer wieder fielen ihm dabei morgens Kekskrümel auf seinen Manuskriptseiten auf. Wo kamen die bloß her?

Eines Nachts wachte er mit einer guten Textidee für sein Buch auf, welche er sofort aufschreiben wollte. Im Wohnungsflur schien ihm aus dem Wohnzimmer Licht entgegen. Einbrecher? Aber die machten doch kein großes Licht an! Seltsam. Aus der Leseecke des Wohnzimmers erklang ein lautes: „Ho, ho, ho!" Vorsichtig spähte Neubohn in das Wohnzimmer. Der Weihnachtsmann hatte es sich dort gemütlich gemacht, trank beim Lesen des Manuskriptes Kaffee und aß dabei Kekse. Seinem Lachen nach schien ihm das Manuskript zu gefallen. Nun war das Geheimnis gelüftet, woher morgens die Kekskrümel kamen. Der Weihnachtsmann persönlich las das Buch über seine Abenteuer.

Als Neubohn Monate später sein Osterbuch: „Auf der Suche nach dem verlorenen Osterei" schrieb, fielen ihm morgens wieder Krümel in seinem Manuskript auf. Las der Weihnachtsmann nun auch noch das Osterbuch? Hielt der Weihnachtsmann außerhalb des Winters nicht Sommerschlaf?

Tief in der Nacht schlich der Autor zur Tür des Wohnzimmers und linste vorsichtig hinein. Wer raschelte da bloß mit seinem Manuskript herum? Vor Überraschung blieb Neubohn der Mund offen stehen. Aufgeregt Mohrrüben mümmelnd las der Osterhase das Manuskript mit vor Aufregung zitternden Pfötchen!

Eigentlich sollte das nächste Buch unseres Autors über den Yeti handeln. Doch nachdem seine zwei aktuellen Bücher deren Hauptpersonen anlockten, verzichtete er lieber auf das Yeti Buch. Wer will schon nachts den Yeti in der Wohnung haben?

Die Osterlesung

Ludwig P. Lesi-Les fand sich früh zur Lesung der Autorengruppe „Flammenfeder" ein. Im Programmheft stand nur, dass L. L. und B. B. aus der „Gartenschau Trilogie" und aus „Neubohns Krimihäppchen" lasen. Ludwig dachte verärgert: „L. L.! So was! Das kann ja alles heißen. Etwa Lalli Lallinger oder liederlicher Laffe! Und wer ist B. B.? Brigitte Bardot?"

Als die Tür sich öffnete, ließ der arme Autor vor Schreck sein Programmheft fallen. B. B. stand für Berta Babbelbergle, mit der er schon auf der Gartenschau verschieden Lesungen durchführte. Vor allem die Lesungen am See, welche einige unliebsame Überraschungen brachten.

Nun denn. Sie rafften sich beide zusammen, begrüßten sich herzlich und rätselten darüber, was Ralf Neubohn mit „Überraschungslesungsteil am Ende des angekündigten Programms" wohl meinte.

Höchst professionell zogen sie beide ihr Programm durch und gaben dann die Bühne frei. Auf dieser erschien dann Neubohn als Osterhase verkleidet, mit langen Löffelöhrchen und einem Vampirgebiss, welches nur sehr entfernt an Hasenzähne erinnerte. Er verteilte Ostereier ans Publikum und bat diese zu öffnen. Das Publikum staunte nicht schlecht, als es in den Eiern versteckt schwarze Humor Gedichte aus dem Buch „Tod auf dem Kaktus" fand. Jeder Besucher durfte nun seinen vorgefunden Text selber vorlesen.

Daraufhin hoppelte das Neubohn Häschen wild Schokolade mümmelnd davon.

Das Publikum raste vor Begeisterung, fast wie bei den legendären Lesungen am See.

Vor allem als Neubohn beim Hoppeln über seine Schnürsenkel stolperte und in seiner Häschenverkleidung von der Bühne stürzte. So eine gelungene Lesung durfte das Publikum nun wahrlich nicht oft erleben!

Auf leisen Pfötchen

Oft fragen sich die Menschen, wo eigentlich bestimmte Wörter herkommen. Z.B. Weihnachtsmann. Dieses Wort bedeutet, dass in der geweihten Nacht ein Mann mit Geschenken kommt.

Der Name Osterhase bedeutet hingegen nicht, dass dieser Hase aus dem Osten kommt, oder gar von der Osterinsel. Nein, er ist der Hase, der zum Osterfest Geschenke bringt.

Der Osterhase saß wie meistens vorm Fernseher und sah sich einen Western an. „Jippi! So würde ich auch gerne durch die Gegend reiten!", rief er laut.
Seine Frau sah besorgt ins Wohnzimmer. „Was? Du bist noch da? Heute ist doch Ostern und die Kinder warten schon auf die Eier!"

Der Osterhase schaltete seufzend den Fernseher aus und meinte vorm Loshoppeln: „Ach, nachher habe ich wieder müde Pfötchen! Es ist immer so viel Arbeit!"
Beruhigend erwiderte die Osterhäsin: „Keine Angst, ich habe für Dich schon einen Termin beim Pfotologen ausgemacht!" Der Pfotologe ist so eine Art Podologe für Tiere.
Erleichtert aufatmend hoppelte der Osterhase zur Arbeit. Aber ach, sein Arbeitsbereich wuchs jedes Jahr und schon bald taten ihm die empfindlichen Pfötchen weh. So konnte er auf keinen Fall die Arbeit fertig bekommen. Doch noch so viele Kinder warteten auf ihn. Was also tun?

Als er bei der netten Familie Christian, Julia, Ruben, Jonathan und Raphael aus dem Garten hoppelte, sah er in der Nähe Alpakas. Der Osterhase sprang auf eines, galoppierte dann „Jippi!" rufend davon. Auf diese Art fühlte er sich wie ein Cowboy bei der Arbeit und wurde schnell mit dem Eier verteilen fertig. „Im nächsten Jahr schaffe ich mir noch einen Cowboyhut, eine Möhrenpistole und ein Lasso an! Die Leute werden dann erstaunt rufen: Schaut, da kommt der Westernhase!"

So ritt er Westernsongs singend in den Sonnenuntergang hinein.

Verblüffende Ähnlichkeit

Eines Abends erwachte der Osterhase von heftigen Magenschmerzen geplagt. Er hatte mit seinen Freunden zu viel Karottenkuchen gegessen. Immer am 24.12. gab es das traditionelle Fest: „Lasst es uns schwören, wir essen nur noch Möhren!"

Um seine Verdauung zu fördern, ging der Osterhase etwas im Schnee spazieren. Über den Baumwipfeln hörte er leichtes Glöckchengeläut, der Weihnachtsmann flog in seinem Schlitten durch die Lüfte. „Ho, ho, ho!", schallte es noch lange nach.

„Alter Angeber!", dachte der Osterhase. „Was der kann, das schaffe ich doch mit Links." Diese Gedanken brachten ihn auf den Plan, nächstes Jahr zu Ostern nicht versteckt durch die Gärten zu hoppeln, sondern so eindrucksvoll wie der Weihnachtsmann zu erscheinen! So richtig pompös!

Die Wochen bis zu Ostern vergingen sehr geschäftig und geheimnisvoll. Mysteriöse Botschaften mit anderen Tieren wurden gewechselt, große Materialtransporter hielten vor der Höhle des Osterhasen. Gespannt beobachteten die Tiere des Waldes diese Vorbereitungen. Wie würde diese Ostern wohl werden? Neues, Sensationelles lag in der Luft. An Ostern rieben sich Tiere und Menschen die Augen. Viele glaubten betrunken zu sein.

Durch die Luft flog eine riesige Möhre, auf welcher der Osterhase ritt. Gezogen wurde diese Möhre von 12 Häschen. Eines davon besaß eine rote Nase und hieß Rudolf von Mümmelöhrchen.

Vom Schlitten herab warf der Osterhase die Ostereier in Richtung der Gebüsche. Damit sie beim Aufprall nicht kaputt gingen, segelten die Eier mit kleinen Fallschirmen herab. Dies alles sah der Weihnachtsmann aus seinem Försterhäuschen und sprach zu seiner Frau: „Na, sowas! Soll ich jetzt vielleicht zu Weihnachten durch die Gebüsche hoppeln?"

Seine Frau sah vielsagend sein Bäuchlein an: „Lieber nicht! Es geht ja auch gar nicht. Nicht wegen Dir, Du würdest Marathon Hoppeln problemlos schaffen. Aber die Rentiere brauchen ja schließlich auch ihre jährliche Bewegung."

Zufrieden schmunzelnd gingen sie in den Garten ihre Ostereier suchen und hörten noch lange den Nachhall von des Osterhasen: „Hui!", und den leisen Klang der Geschirrglöckchen der 12 Hasen, sowie ein „Hatschi!" von Rudolf von Mümmelöhrchen. Wenn also auch Sie zu Ostern eine gigantische Möhre sehen, wissen Sie: Gleich regnet es Ostereier!

Gefahr

Freudig begab sich Berta Babbelbergle in ihren Garten, um Ostereier zu suchen. Während sie ein Ei nach dem anderen fand, bemerkte
Berta äußerst merkwürdige Geräusche. Von wo kamen die bloß?
Trotz aufmerksamen Hören ließen die Geräusche sich nur schwer
lokalisieren. Doch mit der Zeit konnte ein Gebüsch mitten auf dem
Rasen als der Ursprungsort ausgemacht werden. Ängstlich schlich
sich Berta an. Was machte bloß diese seltsamen Geräusche? Vielleicht
Marder, die versteckte Eier fraßen? Hoffentlich blieben diese Raub-
tiere friedlich! Mit zitternden Händen schob Berta ein paar Zweige
zur Seite, spähte ins Gebüsch und sah: den Osterhasen. Er lag
gemütlich auf dem Rücken, las „Neubohns Krimihäppchen" und
aß nebenher Schokoladeneier. Plötzlich bemerkte der Krimileser Berta
und hoppelte schuldbewusst weiter. Dabei vergaß er Neubohns
Buch.

Als später Anwohner des Hauses Ostereier suchen gingen, hörten
sie aus dem Gebüsch seltsame Geräusche. Nervös näherten die
Anwohner sich dem Gebüsch und fanden Berta auf dem Rücken
liegend, Schokoladeneier essend und „Neubohns Krimihäppchen"
lesend vor. Errötend sprang sie auf und lief ins Haus.

Ihre Nachbarn gingen ins Gebüsch, um nachzusehen, wovon Berta
so gefesselt gewesen war, als plötzlich Nachbarkinder vorbeikamen
und sich über die Geräusche aus dem Gebüsch wunderten…

Können Osterhasen fliegen?

Unruhig wälzte sich der Osterhase in seinem Körbchen. In letzter Zeit fiel ihm das Einschlafen schwer. Seine Frau schlug ihm vor: „Nimm doch endlich ein ökologisches Schlafmittel. Die haben ganz sicher keine Nebenwirkungen."

„Ökologisches Schlafmittel?", erkundigte sich der Osterhase. „Ach so. Du meinst ein Buch von Berta Babbelbergle. Ich bin so wach und rastlos, dass mir ein Buch von Berta bestimmt nicht hilft."

„Probier es", murmelte seine bessere Hälfte müde. Er griff zu einem völlig verstaubten Buch Bertas, auf dem schon vom bloßen Anblick des Buches viele Spinnen und Mäuse eingeschlafen waren.

Der Osterhase las eine halbe Seite und fiel in tiefen Schlaf. Er träumte, wie er über der Erde flog. Zweifellos konnten Hasen fliegen. Denn man kann nur träumen, was es entwicklungsgeschichtlich schon mal gab. Die Gene erinnerten einen daran, sowie eine Art kollektives Naturgedächtnis.

Am nächsten Tag rannte unser Hase voller Energie über die Wiese, flatterte mit den Armen und hoffte bald abzuheben. Doch es klappte nicht. Die anderen Tiere schüttelten den Kopf. „Fliegende Hasen? Sowas gibt es doch nicht." Doch der Osterhase blieb beharrlich, lief Stunde um Stunde mit den Armen rudernd über die Wiesen. Plötzlich klappte es doch mit dem Fliegen! Seine Freude war groß. Bis er bemerkte, dass er nicht in den Himmel flog, sondern in einen Fuchsbau fiel. Oh, weh! Drinnen sah der Fuchs einen fliegenden Hasensnack auf sich zukommen und freute sich sehr. Fast wie im Traum, wo einem Gänsebraten in den Mund flogen. Von Panik beherrscht setzte das Denken unseres Mümmlers aus. Vor Angst begannen seine großen Flauschohren wie Hubschrauberrotoren sich zu drehen und brachten ihn aus dem Fuchsbau in den Himmel. Hasen konnten also doch fliegen! War doch logisch! Am Himmel traf er den Weihnachtsmann in seinem Schlitten. „Ho, ho, ho", rief dieser. „Ein fliegender Hase! Wollen wir ein Wettrennen machen? Wer zuerst am Nordpol ist, hat gewonnen!" Sofort starteten sie ihr Wettrennen. Sie überholten fliegende Fische, Vögel, Ludwig P. Lesi-Les auf seinem fliegenden Buch, einen Mann auf einem fliegenden Teppich. An Stellen, wo der Himmel frei war, ging der Weihnachts-mann in Führung. An Stellen wo sich im Luftraum viele Flugzeuge drängten, schlängelte sich der Osterhase in Führung. So oder so: Niemand schaffte es, sie beide zu überholen. Dachten sie. Doch plötzlich sauste etwas Raketenhaft an ihnen vorbei. Der Osterhase fragte verblüfft: „Wer kann denn noch schneller als wir sein?" Der Weihnachtsmann meinte nachdenklich: „Es kann nur der Nikolaus sein. Denn der fliegt so schnell, dass kein Mensch ihn je fliegen sah."

Die Osterinsel

Bekanntlich lag vor den Remsterrassen in Waiblingen die Osterinsel. Zu dieser brachten Schaufelraddampfer und Kreuzfahrtschiffe Touristen in großen Massen herbei.

An einem Ostersonntag las dort Berta Babbelbergle mitten im Gedränge einen Zeitungsbericht, als plötzlich eine Ente angeflogen kam und die Zeitung ihr entriss. „Aha", dachte Berta. „Das war wohl eine Zeitungsente."

Der Bodensee in Waiblingen

Bekanntlich fließt ein reißender Fluss am Waiblinger Hallenbad vorbei in einen gigantischen See. Der amazonasartige, breite Fluss heißt Kätzenbach und ist für seine gefährlichen Strudel und Wasserfälle bekannt.

Da der See, in den der Kätzenbach mündet, die Ausdehnung des Bodensees besitzt, kann dieser die gewaltigen Wassermassen leicht aufnehmen.

Ludwig P. Lesi-Les suchte dort an der Uferböschung gerade Ostereier, als ihn lautes Platschen aufschrecken ließ. Tauchte Nessie aus dem See auf? Fuhr Lohengrin auf seinem Boot vorbei? Nein, ein Pferd lief über das Wasser des tiefen Sees. Doch war darauf nicht der Schimmelreiter oder Schwabs Reiter über den Bodensee, sondern das Pferd schoss allein über das warme Wasser dahin.

Ludwig dachte erstaunt: „Ach, so sehen also Seepferdchen aus."

Wo kommen die Ostereier her?

Fragen sich viele Menschen. Das ist ganz einfach. In Waiblingen vor den Remsterrassen liegen zwei miteinander verbundene Inseln. Die Weihnachtsinsel, auf welcher der Weihnachtsmann lebt und die Osterinsel des Osterhasen. Auf beiden werden in unterirdischen, gigantischen Lagerhallen die jeweiligen Geschenke gelagert und von ehrenamtlichen Helfern verschönert.

Auf der Osterinsel helfen viele Tiere dem Osterhasen bei seiner Arbeit. Riesige Götzenstatuen schrecken Besucher vom Betreten der Osterinsel ab. So weiß bis heute niemand, dass es dort riesige Hühnerfarmen gibt, welche den jährlichen Eiervorrat fürs Osterfest legen.

Die Eier werden von Eichhörnchen und anderen Tieren flink in kleine Kutschen geladen, welche von Rehen in die unterirdischen Lagerhallen gezogen werden. Dort werden sie im Eingangsbereich von Wichteln bemalt, zum Trocknen unter eine Höhensonne gelegt und dann sorgfältig bis Ostern in Regalen gelagert.

Der Osterhase hoppelt hin und her und beaufsichtigt diese Arbeiten, die keineswegs ohne Pannen ablaufen. Nach Ostern ist der arme Hase nervlich erschöpft, überall sind von ungeschickten Helfern Farbflecken, kaputte Eier auf dem Boden und gebrochene Räder von überladenen Kutschen.

Zur Erholung seiner Nerven besucht der Osterhase dann den Weihnachtsmann auf dessen Insel zum Skifahren. Von den hohen Eisgletschern der Weihnachtsinsel sausen sie dann schnell ins Tal. Von der rasanten Skifahrt her entstand der Ausdruck: „Ein flotter Hase.“

Das perfekte Geschenk

„Endlich Ostern", dachte X. „Mal sehen, wo die Ostereier versteckt sind." Voller Vorfreude ging es auf die Suche. Aber ach, dies Jahr gab es keine Ostereier! Welche Tragik! Stattdessen lag was ganz Merkwürdiges als Geschenk versteckt. „Wozu soll das bloß gut sein?", wunderte sich die beschenkte Person. „Ach, da kommt mir eine gute Idee!"

Als am nächsten Werktag der örtliche Buchhändler seinen Laden aufschließen wollte, sprang aus einem Versteck ein Werwolf auf ihn zu. „Roar!" Der Buchhändler winkte lässig lächelnd ab: „Mich erschreckt niemand!"

Die Gestalt vor ihm zog die Werwolfmaske herunter. Darunter erschien…

Vor grauen schrie der Buchhändler entsetzt auf und floh panikartig, denn unter der Werwolfmaske kam das Gesicht von Ludwig P. Lesi-Les zum Vorschein. Was der fliehende Buchhändler nicht sah, auch dies war nur eine Maske. Zufrieden lächelnd zog Berta Babbelbergle die Ludwig Maske herunter. „Diese zwei Masken sind das beste Ostergeschenk, das ich je erhielt. Danke lieber Osterhase!"

Die Überraschung

Letztes Weihnachten saß die Autorin Berta Babbelbergle gemütlich vor dem Kamin, die Füße zum Feuer ausgestreckt. Neben Berta lag zufrieden dösend ihr irischer Wolfshund, während sie das einzig geistig wertvolle Buch las, welches sie kannte. Natürlich ihr eigenes. Bücher anderer Leute las sie nie.

Mitten in diese behagliche Idylle erklang ein lautes Krachen, Scheppern und ein schmerzvolles „Autsch!“ Der Weihnachtsmann kam durch den Kamin und landete mitten im Kaminfeuer. Der Arme! Vor sich hinrauchend überreichte er Berta ihr Weihnachtsgeschenk und eilte raus, um sich bestimmte verschmorte Stellen abzukühlen. „So fühlt sich also ein Schmorbraten!“, dachte er wütend.

Der Wolfshund wollte ihn verfolgen und in die rote Knubbelnase beißen. Doch dann erkannte er den alljährlichen Eindringling und ließ von einer Verfolgung ab.

Inzwischen öffnete Berta erwartungsvoll das Geschenk. Was es wohl Schönes gab? Etwa ihren neuesten Gedichtband? Extra kurz vor Weihnachten von ihrem bemitleidenswerten Verlag veröffentlicht. Aber was war das? Ein Buch von einem anderen Autor? Wie konnte der Weihnachtsmann das wagen? Da durchzuckte sie ein noch größerer Schock. Denn sie hielt das neueste Werk von Ludwig P. Lesi-Les in der Hand. Entsetzt warf sie das Unwerk von sich und eilte dem Weihnachtsmann nach, um ihn in die freche Knubbelnase zu beißen. Leider fand sie ihn nicht mehr. Zurück zu Hause überlegte Berta, warum der Weihnachtsmann Bücher ihres leider, leider erfolgreichen Kollegen verschenkte. Da kam ihr der Gedanke: „Vermutlich ist Ludwig nur deshalb so erfolgreich, weil der Weihnachtsmann seine Bücher verschenkt.“

Doch warum verschenkte dieser überhaupt diese langweiligen Bücher? Damit die von Weihnachten aufgeregten Kinder beim Lesen vor Langeweile einschliefen? Da kam ihr eine andere Idee: Vielleicht war es gar nicht der Weihnachtsmann, der Ludwigs Bücher verschenkte, sondern der verkleidete Ludwig selbst? Welch raffinierte Idee! Schade, dass sie nicht selber darauf kam, ihre Bücher so unters Volk zu bringen. Dafür war es nun zu spät. Zu spät? Eigentlich nicht. Zu Ostern hoppelte Berta als Osterhase verkleidet durch die Gärten und versteckte ihre Bücher. Auch bei Ludwig P. Lesi-Les. Dieser suchte voller Vorfreude Ostereier in seinem Garten und schrie plötzlich angeekelt auf: „Igitt, ein Buch von der langweiligen Berta Babbelbergle! Was hat sich bloß der Osterhase dabei gedacht? Ist das als ein Schlafmittel für heute Abend gedacht?“

Die Autorin

Ich kannte mal eine Autorin, die meinte, sie sei die beste Schriftstellerin auf Erden. Sie sagte stets: „Du findest mich eingebildet. Doch Du täuschst Dich. Ich bin einfach nur genial und die staunende Welt soll es wissen! Der Nobelpreis wartet schon lange auf mich! Und weil ich so einzigartig bin, ist der Nobelpreis auch vollkommen verdient! Warum soll ich daraus ein Geheimnis machen?"

Anfangs hielt sie sich für die neue Selma Lagerlöff, mit der Zeit erwähnte sie verwandtschaftliche Beziehungen zum englischen Königshaus. Von der Kaiserin der Literatur war der Weg zu den Königshäusern ja nicht mehr weit.

Als ich mal mit ihr zu Ostern auf dem Lande las, fragte ich mich, wie weit inzwischen ihre Einbildung reichte. Die Frage löste sich schnell, als sie das Fenster öffnete, auf den Balkon heraustrat und vor glotzenden Kühen verschiedene königliche Hymnen sang.

Gespannt wartete ich darauf, ob die Kühe mit ihr im Duett singen würden. Doch die Kühe ließen die blöde Kuh auf dem Balkon allein weitersingen, welche sicherlich bald vor die Hunde ging. Dass die Autorin vor ihren Artgenossen sang, würde in dem Dorf bestimmt noch jahrelang für mehr Gesprächsstoff sorgen, als ihre angeblich so guten Bücher. Was man so alles als Autor erlebt! Viele kommen herum und herunter, wie diese Dame der schreibenden Zunft.

Die Rute?

Am 6. Dezember kamen Knecht Rupprecht und der Nikolaus zur Familie Osterhase. Die braven Kinder bekamen Leckereien, für die unartigen Kinder gab es die Rute. Noch lange danach überlegte der Osterhase: „Das sollte ich auch so machen!"

Gesagt, getan! Am nächsten Ostern ging er mit Ostereiern und Rute zu den Menschen. Aber, ach! Da er so klein war, erreichte er mit der Rute den Kinderpo nicht und nur wenige Kinder waren dumm genug sich zu bücken.

Während er so von Stadt zu Stadt hoppelte, plante der Osterhase um. Denn das System mit der Rute funktionierte nicht und kostete auch zu viel Zeit.

Die nächsten Familien erlebten eine große Überraschung! Den braven Kindern wurden Ostereier im Garten versteckt, den unartigen Kindern lauerte der Osterhase auf und schoss ihnen mit einer Steinschleuder Eier an den Kopf.

Dieses System funktionierte sehr gut und der Osterhase beschloss, es beizubehalten. Doch reichte diese Strafe für die besonders unartigen Kinder nicht aus. Wie konnte diesen eine kräftigere Lehre erteilt werden? Da fiel es dem Osterhasen wie Schuppen von den Haaren: Hier musste die Höchststrafe greifen! Besonders unartige Kinder erhielten zur wohlverdienten Strafe Bücher von Berta Babbelbergle und Ludwig P. Lesi-Les. Ach, was flossen da dann Tränen vor Schock und Kummer.

Im Gegensatz dazu erhielten besonders nette Familien wie Christian, Julia, Ruben, Jonathan und Raphael Bücher von Ralf Neubohn.

Ostervasen

In ihrer Freizeit pflegte die Familie Osterhase verschiedene Hobbys. Frau Osterhase stellte Ostervasen her. Beim Töpfern nahm sie antike Vasen als Vorbild, deren Henkel wie große Hasenohren aussahen. Daher der Name Ostervase.

Herr Osterhase besaß die größte Mohrrübensammlung der Welt, die als Dauerleihgabe in einem Museum der Öffentlichkeit zur Ansicht bereitstand.

Außerdem galt er als einer der besten Mohrrübenzüchter aller Zeiten.

Selbst beim Verteilen der Ostergeschenke dachte er nur an seine Mohrrüben. Die Arbeit verging so „nebenbei" und erleichtert kehrte er nach Hause zurück.

Vor der Haustür fiel ihm etwas ein: „Was soll ich meiner Frau bloß zu Ostern schenken? Mist, ich habe es schon wieder vergessen! Ah, da fällt mir was Originelles ein!"

Schnell pflückte er einen Strauß Osterblumen und überreichte diese mit dem Ruf „Osterüberraschung!" seiner Frau.

Diese bedankte sich für die große Überraschung und stellte den Osterstrauß in eine Ostervase, die schon extra dafür bereitstand.

Wie jedes Jahr.

Berufliche Fortbildung

Für alle Berufsarten gibt es bekanntlich Fortbildungsmaßnahmen, nur für Osterhasen leider nicht.

Doch unseren Osterhasen störte das nicht. Er las einfach Bücher über die Arbeit des Weihnachtsmannes und setzte die Erkenntnisse leicht geändert um. Am liebsten las er: „Weihnachten mit dem literarischen Kleeblatt", da dies Buch auch viele persönliche Geheimnisse des Weihnachtsmannes enthüllte. Es war sozusagen ein Enthüllungsbuch.

Darin stand z.B. Was schenkt der Weihnachtsmann seiner Frau? Wie verbringen die beiden den Weihnachtsabend? Wie konnte es geschehen, dass die Nase von Rudolf dem Rentier einmal nicht Rot war? Und viele wichtige, spannende andere Fragen wurden ebenfalls geklärt.

Im Gegenzug las übrigens der Weihnachtsmann gerne das Buch: „Auf der Suche nach dem verlorenen Osterei" und informierte sich so über die Arbeit des Osterhasen.

Merke: Man lernt nie aus!

Auf den Spuren des Osterhasen

Berta Babbelbergles Romane waren langweilig und verkauften sich deshalb relativ gut. Denn je langweiliger ein Buch ist, desto weniger darin passiert, desto weniger Lesern tritt man dabei auf die Füße.

Doch Berta wollte noch erfolgreicher werden, wollte das Erfolgsbuch. Doch welches Buch konnte wohl zum Erfolgsgaranten werden? Welches Thema würde die Leser fesseln?

Da kam ihr die rettende Idee. Sie würde über DAS THEMA ein Buch schreiben, welches alle brennend interessierte: Wo lebt der Osterhase?

So lauerte sie mehrere Jahre dem Osterhasen auf, bis sie ihn endlich mal des Weges lang hoppeln sah. Sofort machte sie sich an die Verfolgung. Getarnt durch eine extra große Sonnenbrille.

Der Osterhase hoppelte zur Stadt hinaus, über Felder, in tiefe Wälder. Bald musste er bei seinem Versteck ankommen und sie konnte ihr Sensationsbuch schreiben. Ludwig würde vor Neid gelb im Gesicht werden! Doch was war das? Die Fußspuren des Osterhasen wurden immer größer, wuchsen zum Schluss ins Gigantische! War der Osterhase in Wirklichkeit ein Riese und schrumpfte nur in der Stadt auf kleinere Maße, um nicht aufzufallen?

Stimmt! Er musste in Wirklichkeit ein Riese sein, wenn er nur in einer Nacht überall in Deutschland Eier versteckte. Nur ein gigantischer Riese konnte das zeitlich schaffen.

Zitternd vor Angst floh die arme Berta schreiend aus dem Wald und schrieb ein Buch über ihre Erlebnisse.

Sie sah auf der Flucht nicht den kleinen Osterhasen, der versteckt
hinter einem Gebüsch saß und verschieden große Stelzen mit Fuß-
attrappen bei sich liegen hatte. Der Osterhase kicherte vor sich hin
und meinte schmunzelnd: „Schreib nur Dein Buch über den Yeti-
Hasen, dann folgt mir aus Angst niemand mehr!“

Die mysteriösen Wege

Viele Wanderer stießen schon oft im Wald auf geheimnisvolle Fußpfade. Wer ging dort mal lang? Und so häufig, dass die Erde auf Dauer festgetreten blieb? Seltsam.

Bei den Bauarbeiten an einem Bahnprojekt, stießen die Arbeiter tief unter der Erde auf uralte Schienen einer Schmalspurbahn. Lange Nachforschungen ergaben, dass alle Städte Deutschlands an dieses völlig unbekannte Schienennetz angeschlossen waren.

Völlig unerklärlich!

Dieser Tunnelbau musste unendlich lange gedauert haben. Zu welchem Zweck diente er bloß? Mysteriös!

An Ostern erklärten sich diese Wunder von selber. Die Helfer des Osterhasen trugen auf den Trampelwegen durch die Wälder den Eiernachschub an kleine Orte, die nicht an das unterirdische Schienennetz angeschlossen waren.

Zwerge schoben Schubkarren mit Eiern, Bären trugen sie in Rucksäcken auf ihrem Rücken, Kängurus in ihrem Beuteln und Igel aufgespießt auf ihren Stacheln. Diese langen Karawanen zogen in der Nacht vor Ostern durch alle Wälder und warteten in den kleinen Orten auf den Osterhasen.

Währenddessen fuhr dieser mit einer Eisenbahnermütze bekleidet im Volltempo durch sein unterirdisches Schienennetz zuerst in die großen Städte, bevor er aufs Land hoppelte.

Hasen graben ja bekanntlich gerne unterirdische Tunnel, doch nur der Osterhase erstellte so ein komplexes Tunnelnetz.

Und dies nur, damit wir alle jedes Jahr aus vollen Herzen rufen können: Frohe Ostern!

Neujahrsvorsätze

Ludwig P. Lesi-Les feierte Sylvester im Rahmen eines literarischen Dinners.

Kurz vor Mitternacht fragte er Berta Babbelbergle: „Was sind Deine Vorsätze fürs neue Jahr? Mein Vorsatz ist es, keine langweiligen Bücher mehr zu schreiben.“

Berta erwiderte: „Na, das wird Dir aber sehr schwerfallen. Mein Vorsatz fürs neue Jahr ist es, nicht mehr so viel zu reden.“

Ludwig sah sie sehr zweifelnd an, sagte aber nichts.

Um 0.10 Uhr zog sich Ludwig in ein ruhiges Zimmer zurück und schrieb einen seiner langweiligsten Romane.

Berta sah auf der Party Ralf Neubohn, eilte zu ihm und schwätzte den armen Kerl bis 8.00 Uhr morgens die Ohren voll.

Ach, was für ein neues Jahr! So ganz anders!

Silvesterfeuerwerk

Viele Menschen wundern sich darüber, dass bei den großen Feuer-
werken vergleichsweise wenig Unfälle passieren.

Das liegt an einer überraschenden Tatsache: In den Feuerwerks-
raketen sind kleine Zwerge versteckt.

Nach dem Start der Rakete kommen sie aus ihrer Versteckkapsel
und reiten auf der Rakete wie auf einem Pferd. Dabei lenken sie
diese gezielt weit in den Himmel und vor der Explosion springen
sie mit kleinen Fallschirmen ab.

Dass dies sehr gut funktioniert, kann daran erkannt werden, dass
die Raketen jedes Jahr mehr statt weniger werden. D.h.: Würden
viele Zwerge verunglücken, ginge die Raketenzahl jedes Jahr dem-
entsprechend zurück.

Wer von uns hätte je daran gedacht, dass in den Raketen Zwerge
versteckt sind? Ist das nicht zum Schießen?

Prost Neujahr!

Flammenfeder

Viele Freunde unserer Autorengruppe Flammenfeder fragen immer wieder nach neuen Texten.

Zum Abschluss des Osterbuches deshalb ein paar neue Texte von Flammenfeder als Zugabe.

Schwarzes Gold

Wer hat noch nicht vom schwarzen Gold gehört? Diesem dunklen Saft, der einen ganzen Industriezweig blühen lässt. Der auch indirekt viele andere Wirtschaftszweige am Laufen hält.

Er ist für uns alle schon lange unverzichtbar geworden. Dieses Naturprodukt gibt uns nicht nur Wärme und Geborgenheit, diese Flüssigkeit hält alles am Laufen. Und wer will schon auf ihn verzichten? Wir brauchen und wollen diesen Schatz der Natur.

Angeboten wird er von vielen verschiedenen Firmen. Jeder schwört dabei auf seinen besonders favorisierten Anbieter. Doch wem auch immer unsere Gunst gehört, Hauptsache er liefert uns diesen lebensnotwendigen Stoff. Der Stoff, aus dem Träume sind, der für einen guten Tag wichtig ist. Dieser dunkle Saft, dieser Retter des Tages! Unser geliebtes, schwarzes Gold, der Kaffee!

Wo kommt eigentlich der Osterhase her?

Der Osterhase stammt aus China. Zu seinem Ehren gibt es dort das Jahr des Hasen und das Sternzeichen des Hasen.

Wegen seiner östlichen Herkunft hieß er ursprünglich Osthase. Da es im Osten oft sehr kalt war, z.B. in Russland, wurde der Osthase oft Frosthase genannt. Wegen seiner roten Erkältungsnase auch Frostnase. In den östlichen Ländern konnte der Frosthase oft nur Kleinigkeiten verteilen, weswegen aus Frosthase der Name Frusthase wurde.

Wie sie sehen, entwickelte sich der Namen des Osthasen immer weiter.

Im Westen gab es viele fesche Hasen, die auf echte Männer standen und den Cowboys einmal im Jahr blaue Bohnen brachten. Diese feschen Westhasen nannte man auch Westernhasen.

Im Gegenzug geschah die vorletzte Umbenennung des Osthasen in Osternhasen.

Es gab also nun die Osternhasen und die Westernhasen. Letztere bekamen aber mit der Zeit zu viele blaue Bohnen ab, weswegen es nur noch Osternhasen gab.

Wegen des vielen Arbeitsstresses starben die Osternhasen mit der Zeit aus bzw. landeten, wenn sie Pech hatten, in Pfannen. Zum Schluss gab es nur noch einen Osternhasen, der noch heute unter dem Namen Osterhase bekannt ist.

Meine Schallplattensammlung

Um meine Schallplattensammlung zu ergänzen, bin ich immer wieder auf der Suche nach den wenigen mir noch fehlenden Schallplatten.

Eines Tages kramte ich wieder mal vergeblich in einem Geschäft nach seltenen Schätzen.

Gedankenverloren verließ ich etwas später den Musikladen, als mir auffiel: „Mist, ich habe wieder zu lange vergeblich rumgekramt, die Zeit rennt mir weg!" Denn ich wollte noch zu einem etwas weiter entfernten Konzert und bis zum Bahnhof lag eine große Strecke vor mir. Wie bloß da noch schnell genug hinkommen? Denn auf dem Konzert spielten einige neue Rockbands, die ich noch nie live gesehen hatte und die sehr gut sein sollten.

Plötzlich hielt ein Sportwagen vor dem Plattenladen. Spontan machte ich den Fahrer auf meine kulturelle Notlage aufmerksam und bat ihn, mich zum Bahnhof zu fahren. Das war natürlich etwas gewagt, aber anders hatte ich keine Chance mehr, den Bahnhof rechtzeitig zu erreichen. Der Fahrer sah mich nachdenklich an, ohne etwas zu sagen. Er sah Roy Black sehr ähnlich, trug sogar dieselbe schicke Kleidung wie dieser, als er zum letzten Mal im Fernsehen auftrat.

Dann nickte er kurz mit einem sehr netten Lächeln und sagte: „Gut, steig ein."

Als wir so durch die Stadt fuhren, wurde mir etwas schwindelig. Laut Tachometer fuhren wir nur die erlaubte Geschwindigkeit, dennoch sah ich die Schemen der Stadt nur undeutlich vorbeisausen, wie in einem extrem schnellen Zug.

Der Fahrer schien einer jener netten, ruhigen Menschen zu sein und sprach kein Wort mit mir.

Als wir an einer Ampel hielten, sah ich ein Schallplattengeschäft, das mir hier bisher noch nie ins Auge sprang.

Das große Schaufenster strotzte nur so vor lauter alten LPs. Keine einzige CD lag dort aus. Ich fragte den Roy Black Doppelgänger: „Können wir kurz halten? Ich möchte mich hier schnell umsehen.“

Ob mir nun die Zeit fürs Konzert reichte oder nicht, mir war es jetzt egal! Diesen Laden musste ich unbedingt anschauen. Warum fiel er mir bisher noch nie auf?

Ohne noch etwas zu sprechen, parkten wir in eine Parklücke, gingen in den Laden. Meine Augen fielen mir fast aus dem Kopf! Schon auf den ersten Blick sah ich viele ungeheuer seltene Schallplatten. Eine rarer als die andere. Atemlos hastete ich von der einen zur anderen. Ganz sprachlos, mit wild klopfenden Herzen!

Bei einem echten Sammlerstück von Roy Black blieb ich wie gebannt stehen. Noch nie hatte ich diese LP irgendwo gesehen. Natürlich griff ich zu und wollte sofort zur Kasse, als mir etwas Seltsames auffiel: Auf der LP prangte ein Preisschild in D-Mark. Ich schaute mich im Laden mit einem schnellen Blick um. Überall D-Mark Preise. Wie konnte das ein?

Ich ging zur Kasse und legte den entsprechenden Betrag in Euro hin. Doch der Kassierer sagte: „Tut mir leid, wir nehmen keine Fremdwährungen.“

Fremdwährungen? Ich starrte den Kassierer fassungslos an. Doch mein Fahrer zog aus seinem Geldbeutel kommentarlos die entsprechende Summe in D-Mark und bezahlte damit die Platte.

Wieder im Auto sagte er: „Das ist die beste Platte, die ich je gemacht habe."

Drückte aufs Gas und fuhr Richtung Bahnhof weiter. „Die beste Platte, die ich je gemacht habe?", dachte ich verblüfft. War es doch Roy Black? Aber der war doch schon lange tot? Und warum gab es hier einen Laden, der mir noch nie auffiel und der noch D-Mark Preise hatte? Befand ich mich auf einer Art Zeitreise? Konnte das möglich sein? Am Bahnhof hielten wir und ich wollte dem Fahrer das Geld für die LP in Euro erstatten. Doch der schüttelte nur mit einem Roy Blackartigen Lächeln den Kopf und fuhr davon auf seiner Sternenstraße. Sternenstraße? Wie kam ich jetzt nur darauf? Vielleicht war es doch Roy Black? Hatte ich eine Zeitreise unternommen?

Am Bahnhof wartete schon mein Zug auf mich. Beim Schaffner kaufte ich eine Fahrkarte und fragte: „Nehmen Sie auch Euro?" Worauf mich dieser nur kopfschüttelnd ansah und erwiderte: „Klar, was sonst? Mit D-Mark kann man ja schließlich seit Jahren nirgends mehr bezahlen."

Im Zug besah ich mir das Plattencover mit dem Gesicht von Roy Black und seinem unvergesslichen, ganz speziellen Lächeln. So kann nur Roy Black lächeln, ganz wie mein Fahrer.

Bücher von Ralf Neubohn:

Da viele Leser immer wieder nach einer Übersicht meiner lieferbaren Werke fragen, hier nun ein Teil der über den Buchhandel erhältlichen Titel. Alle kann ich hier nicht auflisten, weil es einfach zu viel ist, was es an Büchern von mir als Autor und Herausgeber gibt.

Gedichte

„Hier und Jetzt"

„Lyrik – muß das sein?"

„Frisch gewagt"

Gedichte und Kurzgeschichten

„Die zauberhaften Altbohns"

Bücher mit schwarzen Humor Gedichten

„Abra Makabra Schlimmsalabim"

„Die Gartenschau-Morde"

„Tod auf dem Kaktus"

„Neues vom 1. April"

Kurzkrimis

„Abschied ist nicht nur ein bisschen wie Sterben“

„Mörderisch gut“

„Kriminelle Energie“

Alpaka Reihe

„Die Alpakas vom Nikolaus“

„Der Nikolaus und sein Alpaka auf Tournee“

„Applaus für Alpaka und Osterhase“

Gartenschau Trilogie

„Flammenfeder live von der Gartenschau“

„Gartenschau Phantasie“

„Herzlich willkommen Gartenschau“

„Galaabend für die Gartenschau“

„Abschiedsvorstellung für die Gartenschau“

„Die Gartenschau-Morde“

„Tod auf dem Kaktus“

„Neues vom 1. April“

„Gartenschau Magie“

„Die Gartenschau im Rampenlicht“

Heiteres aus dem Autorenleben

„Im Tal der Autoren“

„Alle Autoren an Bord“

„Terry ein Schotte in Schwaben“

„Erinnerungen eines vergesslichen“

„Die zauberhaften Altbohns“

Science Fiction/ Fantasy

„Sam Space“

Jahresfeste

„Weihnachten mit dem literarischen Kleeblatt“

„Auf der Suche nach dem verlorenen Osterei“

„Weihnachten und Silvester mit Flammenfeder"

„Vorhang auf für Nikolaus, Weihnachten und Ferien"

„Bühne frei für Fasching und Halloween"

„Die Alpakas vom Nikolaus"

„Die Bettsocken vom Weihnachtsmann"

„Silvester und Weihnachtsmarkt geben sich die Ehre"

„Der Nikolaus und sein Alpaka auf Tournee"

„Applaus für Alpaka und Osterhase"

Weitere Bücher von mir liste ich einem der nächsten Bücher von mir auf, sonst wird es heute ein bisschen zu viel.

Ich möchte noch darauf hinweisen, dass Bücher bei einigen Verlagen nicht unbegrenzte Zeit lieferbar sind. Wenn Bücher bereits lange auf dem Markt sind bzw. wenn es von diesen schon mehrere Auflagen gab, werden dann oft keine Auflagen davon mehr gedruckt.

Diese Bücher sind dann also irgendwann nicht mehr lieferbar. Daher kann ich nur dringend empfehlen, Bücher die Sie interessieren, rechtzeitig über Ihre Buchhandlung zu bestellen.

Bereits schon jetzt gibt es sehr viele Bücher von mir nicht mehr, die ich deshalb hier erst gar nicht aufgelistet habe.

Über den Autor Ralf Neubohn

Ralf Neubohn hat bereits zahlreiche Bücher geschrieben bzw. herausgegeben und ist einem breiten Publikum durch zahlreiche Lesungen in Theatern, Kulturzentren und Kulturcafes bekannt. Er betreibt in Waiblingen ein angesehenes Buchantiquariat hat mehrere Literaturpreise gestiftet. Z. B. den „Neuen Literaturpreis Remstal".

Neubohn schreibt Krimis, Lyrik, heitere Romane und Kurzgeschichten.